Collection de M. DEBERGHE

OBJETS D'ART

ET DE

HAUTE CURIOSITÉ

MEUBLES & SIÈGES

Importante Boiserie gothique

Tableaux Anciens

TAPISSERIES

des XVᵉ et XVIᵉ Siècles

Collection de M. DEBERGHE

OBJETS D'ART

ET DE

HAUTE CURIOSITÉ

TABLEAUX ANCIENS

TAPISSERIES

des XVe et XVIe siècles

CONDITIONS DE LA VENTE

Elle sera faite au comptant.

Les adjudicataires paieront *dix pour cent* en sus des enchères.

L'exposition mettant le public à même de se rendre compte de l'état et de la nature des objets, aucune réclamation ne sera admise une fois l'adjudication prononcée.

Paris. — Imp. Georges Petit, 12, rue Godot-de-Mauroi. — 20740-10.

ORDRE DES VACATIONS

Le Mercredi 8 Juin 1910

Objets variés. . . . .   24 à 35
Ivoires, Émaux champlevés. . . . .   36 à 46
Cuivres, Fers, Bronzes, Étains . . . .   47 à 90
Bois sculptés. . . . .   91 à 130
Sculptures en marbre et en pierre . . . . . 131 à 136

Le Jeudi 9 Juin 1910

Tableaux . . . .   1 à 23
Armes . . . . 137 à 163
Meubles et Sièges . . . . 164 à 217
Tapisseries et Étoffes. . . . . 218 à 227

DÉSIGNATION

Tableaux Anciens

BRUYN

(Attribué à BARTHELEMY DE)

1 — **Portrait d'une dame âgée.**

En bonnet blanc, collerette tuyautée, vêtement noir,
les mains jointes, elle est vue à mi-corps.

Bois. Haut., 54 cent.; larg., 36 cent.

CRANACH

(Attribué à LUCAS SUNDER, dit)

2 — **Portrait d'un gentilhomme.**

A mi-corps, vêtement noir bordé de fourrure, il tient
une lettre à la main droite.

On remarque un monogramme sur une bague passée à
l'index de la main gauche.

Panneau contourné dans la partie supérieure.

Haut., 56 cent.; larg., 36 cent.

CRANACH

(Ecole de LUCAS SUNDER, dit)

3 — Portrait d'un gentilhomme.

Coiffé d'une toque empanachée, un manteau de fourrure
sur sa veste rouge, les deux mains appuyées sur la poignée
de son épée.

Bois. Haut., 38 cent.; larg., 27 cent.

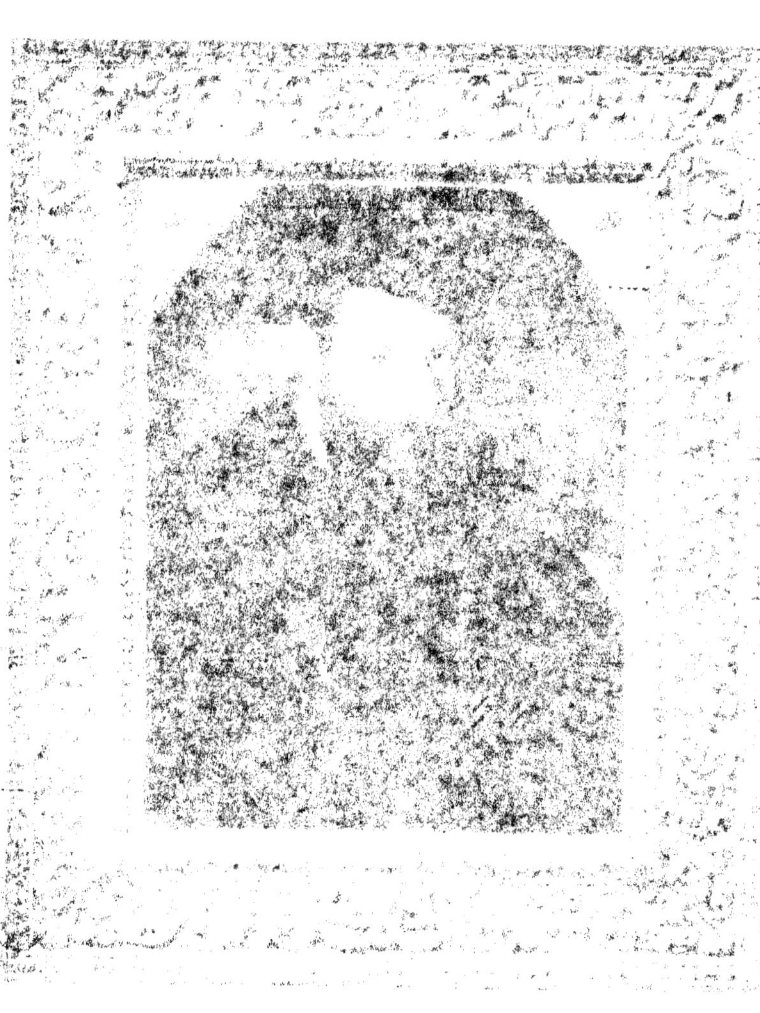

4

HOLBEIN

(École d')

4 — Portrait d'homme.

Coiffé d'une toque noire, la barbe et les cheveux roux, en habit de satin orné d'un col et de larges revers de fourrure, une paire de gants dans la main, il est représenté à mi-corps, tourné de trois quarts à droite.

Fond vert.

Bois. Haut., 62 cent.; larg., 48 cent.

HOLBEIN
(École d')

5 — **Portrait d'homme tenant des gants.**

Bois. Haut., 33 cent.; larg., 26 cent.

MABUSE
(Ecole de GOSSAERT, dit JEAN DE)

6 — **La Vierge portant l'Enfant Jésus.**

Au premier plan, sur une table de marbre, une grappe de raisins et deux cerises.

Bois. Haut., 53 cent.; larg., 42 cent.

MORO
(École d'ANTONIO)

7 — **Portraits d'un seigneur et de son chien.**

Bois. Haut., 30 cent.; larg., 25 cent.

PONTE
(JACQUES, dit BASSANO)

8 — **Jésus chez Simon.**

Assis devant la table servie, Jésus, le visage nimbé, vêtu de rouge et drapé d'un manteau vert, bénit le plat qu'apporte un jeune garçon : à terre, à genoux, Marie-Madeleine essuie de ses longs cheveux blonds les pieds du Sauveur qu'elle vient de parfumer. Au milieu des autres convives, Simon s'est levé, drapé dans un long manteau à fourrure et, sa toque à la main, il adresse la parole à Jésus.

La table est dressée dans un péristyle à colonnades, et, par le rideau rouge du fond à demi soulevé, on aperçoit un paysage verdoyant que dore le soleil couchant. A gauche, à terre, auprès d'une aiguière et d'une assiette dorées, un chat ronge un os.

Toile. Haut., 1 m. 18; larg., 1 m. 42.

Cadre en bois sculpté.

POURBUS LE VIEUX
(École de)

9 — Portrait d'homme âgé.

En buste, longue barbe blanche.

Bois. Haut., 32 cent.; larg., 24 cent.

POURBUS
(École de)

10 — Portrait d'Anne d'Autriche.

En buste, large collerette de dentelle, corsage brodé d'or et enrichi de chaînes de perles.

Daté : *1616*.

Bois. Haut., 64 cent.; larg., 50 cent.

RUBENS
(École de)

11 — Jeune femme en buste.

Bois. Haut., 53 cent.; larg., 38 cent.

TENIERS
(DAVID)

12 — L'Alchimiste.

Vêtu de gris, une bourse pendue à sa ceinture et coiffé d'une large toque verte bordée de fourrure, l'alchimiste dirige son soufflet sur quelques matières placées sur sa table d'étude ; devant lui, un creuset est en train de chauffer ; à terre, quelques livres ouverts indiquent la marche de l'expérience. Ce ne sont partout, au mur, sur les planches du fond, à droite sur une petite table, que fioles remplies de liquides. Un poisson est suspendu au plafond ; au fond, deux aides travaillent, un troisième s'éloigne par la porte ouverte.

Signé à droite.

Bois. Haut., 39 cent.; larg., 57 cent.

ÉCOLE ALLEMANDE

xvie siècle.

13 — Un Triptyque.

Le panneau central représente la Vierge, saint Jean-
Baptiste et sainte Madeleine au pied du Christ en croix.
Le panneau de droite, le Baiser de Judas.
Le panneau de gauche, la Déposition de la Croix.

Bois. Haut., 85 cent.; larg., 1 m. 65.

ÉCOLE ALLEMANDE

xvie siècle.

14 — Portrait d'un seigneur.

A gauche, sur le fond, des armoiries, une inscription
relative au personnage, la date *1537* et un monogramme.

Toile. Haut , 58 cent.; larg., 48 cent.

ÉCOLE ALLEMANDE

xvie siècle.

15 — La Vierge, l'Enfant Jésus et sainte Anne.

Bois. Haut., 52 cent.; larg., 43 cent.

ÉCOLE ALLEMANDE

xvie siècle.

16 — Buste de femme coiffée d'un bonnet blanc.

Bois. Haut., 16 cent.; larg., 11 cent.

ÉCOLE ALLEMANDE

Fin du xvie siècle.

17 — La Nativité.

Saint Joseph et la Vierge sont agenouillés en adoration devant l'Enfant Jésus couché sur le sol d'une chapelle en ruine.

Au deuxième plan, deux bergers se présentent dans l'embrasure d'une fenêtre gothique.

Bois. Haut., 25 cent.; larg., 29 cent.

ECOLE FLAMANDE

xve siècle.

18 — Le Couronnement de la Vierge. (Triptyque.)

Deux donateurs sont représentés sur les volets, sous la protection de saints personnages.

Au revers des volets, la Salutation angélique est peinte en grisaille.

Bois. Haut., 85 cent.; larg., 1 m. 12.

ÉCOLE FRANÇAISE

xvie siècle.

19 — Portrait d'un gentilhomme.

En buste, de trois quarts à gauche, les cheveux bruns
relevés, la barbe courte et en pointe sur une fraise tuyautée, pourpoint de buffle, il porte des boucles d'oreilles.

Sur le fond, deux inscriptions, l'une grecque, l'autre
latine et la date : *1581*.

Bois. Haut., 46 cent.; larg., 37 cent.

ÉCOLE FRANÇAISE

xvie siècle.

20 — Portrait d'un gentilhomme.

En pourpoint noir au col doublé d'une fraise rigide, la barbe blonde en pointe, les cheveux châtains relevés sur le front.

On lit, sur le fond, une inscription et la date : 1588.

Bois. Haut., 46 cent.; larg., 37 cent.

ÉCOLE FRANÇAISE

21 — Portrait d'Henriette de Balsac, marquise de Verneuil.

Toile. Haut., 56 cent.; larg., 45 cent.

ECOLE HOLLANDAISE

xviie siècle.

22 — Portrait d'une dame de qualité.

Debout, vue à mi-jambes, elle tient un livre d'heures et un nécessaire d'orfèvrerie.
Sur le fond et à droite, une inscription datée : *1648*.

Bois. Haut., 62 cent.; larg., 46 cent.

ÉCOLE ITALIENNE

xvie siècle.

23 — L'Adoration des bergers.

Bois. Haut., 1 m. 10; larg., 97 cent.

187

182

187

Objets d'Art & d'Ameublement

OBJETS VARIÉS

24 — Pichet en grès émaillé bleu et brun, à motifs de fleurettes. Allemagne, xviie siècle.

25 — Pichet en grès émaillé bleu et brun, à motifs de personnages et d'animaux. Allemagne, xviie siècle.

26 — Pichet en grès émaillé brun, à motifs de personnages et d'écussons armoriés. Allemagne, xvie siècle.

Haut., 24 cent.

27 — Bouteille à panse sphérique, en ancienne faïence italienne, à décor de médaillons-bustes et de rinceaux feuillagés. xvie siècle.

Haut., 25 cent.

28 — Pot en ancienne faïence de La Frata, émaillé brun et vert sur fond jaune, à goulot trilobé et à décor géométrique.

Haut., 24 cent.

29 — PETITE PEINTURE sur cuivre, représentant le Christ de
pitié. Le cadre, en fer ciselé, est de forme rectangulaire
à pans coupés. XVIIᵉ siècle.

Haut., 12 cent.; larg., 9 cent. 1/2.

30 — PLAQUE rectangulaire en verre églomisé, représentant
la Crucifixion. Cadre en bois sculpté à fronton, orné de
deux dauphins adossés. Travail italien, XVIᵉ siècle.

Haut., 43 cent.; larg., 25 cent.

31 — PETIT COFFRET rectangulaire à couvercle chanfreiné, en
cuir noir ciselé, et muni de ferrures, d'une poignée et
d'une serrure à moraillon. XVᵉ siècle.

32 — PETIT COFFRET rectangulaire en bois sculpté, à panneaux ornementés de motifs gothiques. Travail suisse,
XVIᵉ siècle.

33 — CHRONIQUE DE NUREMBERG, édition latine, 1493, in-fol.
Ais en bois recouverts de veau fauve, fers à froid et fer-
moirs en cuivre ouvragé. Il manque le titre et quelques
feuillets de table. D'autres feuillets sont remargés ou
troués. La reliure est réparée.

34 — CUILLER en argent doré. Le manche est terminé par
une couronne fleuronnée, et le cuilleron, très large, est
gravé d'une figure de Vierge debout. Travail allemand,
XVᵉ siècle.

35 — CUILLER en argent doré. Le cuilleron ovale est orné
de palmettes gravées, d'un monogramme et d'une
inscription flamande. Le manche est terminé par un
bouton orné de mascarons. XVIᵉ siècle.

IVOIRES
ET ÉMAUX CHAMPLEVÉS

36 — PETITE PLAQUETTE rectangulaire en ivoire, sculptée en bas-relief et représentant, sous une arcature gothique, le Christ en croix entre la Vierge et saint Jean. France, XIVe siècle.

37 — VOLET DE DIPTYQUE en ivoire sculpté, représentant, sous une arcature ogivale, la Vierge debout portant l'Enfant Jésus, et accostée de deux anges tenant des cierges. Travail français, XIVe siècle.

Haut., 82 millim.; larg., 55 millim.

38 — PLAQUETTE rectangulaire en ivoire, sculptée en bas-relief, divisée en quatre compartiments et représentant, disposées sous une triple arcature gothique et sur un fond guilloché, des scènes représentant l'Annonciation, la Crucifixion, la Nativité, et saint Christophe entre saint Pierre et saint Jean. France, XVIe siècle.

Haut., 95 millim.; larg., 56 millim.

39 — TROIS PLAQUETTES rectangulaires en ivoire, sculptées en bas-relief et ajourées, représentant des scènes à nombreux personnages, tirées d'un roman de chevalerie. XVe siècle.

Haut., 65 millim.; larg., 95 millim.

40 — PYXIDE en cuivre champlevé et émaillé, à couvercle conique surmonté d'une croix, et ornée de médaillons contenant des bustes d'anges et des rosaces sur fond bleu turquoise, et séparés par des rinceaux réservés et dorés sur fond gros bleu. Limoges, XIIIe siècle.

41 — PYXIDE en cuivre champlevé et émaillé, à motifs de médaillons, contenant le monogramme du Christ réservé sur fond d'émail blanc. Limoges, XIIIe siècle.

42 — PLAQUE en cuivre champlevé et émaillé, de forme triangulaire, représentant un ange debout, les ailes éployées, tenant un livre, réservé et gravé sur fond d'émail bleu, au milieu de palmettes et de rinceaux. Limoges, XIIIe siècle.

Haut., 17 cent.; larg., 8 cent. 1/2.

43 — QUATRE PETITES PLAQUETTES quadrilobées, en cuivre champlevé, émaillé et doré, présentant les Symboles des évangélistes sur fond d'émail bleu. XIVe siècle.

Haut., 4 cent.

44 — NAVETTE A ENCENS en cuivre gravé, champlevé et émaillé. Le dessus, émaillé bleu, est orné de rosaces contenant des palmettes réservées et gravées sur fond d'émail bleu turquoise, et de deux bossettes en cuivre repoussé, figurant un dragon replié sur lui-même. Le dessous est décoré d'une bande de rinceaux gravés sur fond d'émail bleu. Limoges. XIIIe siècle.

Long., 21 cent.

45 — PORTE-CIERGE en cuivre champlevé et émaillé de Limoges, XIIIe siècle. Le pied, triangulaire, est orné de médaillons contenant un lion passant vers la droite, accosté de deux dragons ailés réservés sur émail. La tige, gravée d'imbrications, est interrompue par un nœud sphérique, orné de palmettes.

Haut., 20 cent.

46 — PORTE-CIERGE en cuivre champlevé et gravé, avec traces d'émail et de dorure. Il est formé d'une tige quadrangulaire interrompue par trois nœuds chanfreinés, et reposant sur trois pieds mobiles se repliant les uns sur les autres, ornés d'écussons armoriés et terminés par une tête de dragon. Limoges, XIIIe siècle.

Haut., 52 cent.

CUIVRES, FERS, BRONZES, etc.

47 — Croix en cuivre doré et gravé. Elle est ornée, sur la face, au centre et à l'extrémité des branches, de gros cabochons en cristal de roche. Au revers sont gravés des médaillons représentant les Symboles des évangélistes et l'Agneau pascal. XVᵉ siècle.

Haut., 25 cent.

48 — Ciboire en cuivre doré. La base circulaire est ornée d'un écusson gravé et de la date 1616.

49 — Calice en cuivre repoussé et doré. Il repose sur un pied polylobé et la tige est interrompue par un nœud orné de fleurettes et de petits médaillons en argent niellé. Travail italien, XVIᵉ siècle.

50 — Custode en cuivre doré. Elle est à six pans, munie d'un couvercle en forme de monument gothique, orné de statuettes de saints personnages disposées sous des arcatures et surmonté d'un clocheton terminé par un fleuron. Le pied est à six pans et supporte une tige interrompue par un nœud aplati. XVᵉ siècle.

Haut., 38 cent.

51 — Ciboire en cuivre doré et gravé, à calotte sphérique surmontée d'une croix et supportée par une tige cylindrique posée sur une base circulaire. XVᵉ siècle.

52 — Monstrance en cuivre doré. Elle est en forme de monument à toit conique et flanquée de deux contre-forts; elle repose sur un pied polylobé orné de quatre cabochons en émail. XVᵉ siècle.

Haut., 44 cent.

53 — Croix-reliquaire en cuivre doré et gravé, ornée d'une figurine de Christ en relief et de quatre médaillons repoussés, présentant les Symboles des évangélistes. Elle repose sur un pied lobé orné d'une base ajourée. XVᵉ siècle.

Haut., 3 cent.

54 — CUSTODE en cuivre doré, munie d'un couvercle conique surmonté d'une croix. Elle repose sur une tige posée sur une base circulaire en bronze doré. xv⁰ siècle.

55 — CIBOIRE en cuivre doré et gravé. La coupe, de forme aplatie, est supportée par une tige reposant sur un pied circulaire. xv⁰ siècle.

56 — PETITE MONSTRANCE auréolée en argent. Elle repose sur un pied-balustre en cuivre doré. xvıı⁰ siècle.

57 — PETITE HORLOGE en cuivre doré et gravé. Le cadran, de forme octogonale, est disposé verticalement et repose sur une tige-balustre supportée par une base octogonale gravée et ajourée. A la partie supérieure est un petit médaillon-reliquaire de même forme, surmonté d'une statuette de femme. xvı⁰ siècle.

Haut., 31 cent.

58 — PETITE HORLOGE en bronze doré et gravé. Elle est de forme quadrangulaire, flanquée de colonnettes cannelées à chapiteaux feuillagés. xvı⁰ siècle.

59 — FLAMBEAU ORIENTAL ancien, en cuivre gravé et damasquiné d'argent. Il est formé par une base circulaire tronconique, munie d'une douille surélevée.

60 — BASSIN circulaire en cuivre gravé et doré. Au centre, un ombilic saillant, décoré de cuirs découpés. Décoration analogue sur le fond du plat et au marli. Travail italien du xvı⁰ siècle.

Diam., 36 cent.

61 — PETIT COFFRET en fer peint, à décor de personnages. Il est muni de deux poignées mobiles et repose sur une base découpée et ajourée. xvıı⁰ siècle.

62 — PETITE BOITE en étain, ornée de bas-reliefs représentant des cavaliers. xvıı⁰ siècle.

63 — DEUX PORTE-CIERGES en dinanderie, à tiges-balustres, reposant sur des bases circulaires.

Haut., 35 cent.

64 — AQUAMANILE en dinanderie, de forme sphérique, et munie d'un bec en forme de lion et d'une anse en forme de dragon.

65 — PETITE TIRELIRE quadrangulaire en fer, munie d'une serrure à moraillon. xvie siècle.

66 — PETITE HORLOGE en fer découpé et ajouré, munie d'un cadran en étain. xvie siècle.

67 — DEVANT DE CHEMINÉE en fer forgé, formé de deux landiers munis de porte-bouillottes mobiles et réunis par une arcature ornementée. En partie du xvie siècle.

68 — PETITE POIGNÉE DE PORTE en fer ciselé, terminée par deux têtes d'animaux affrontés et ornée au centre d'un motif gothique à fenestrages, disposé en pendentif. xve siècle.

69 — HEURTOIR DE PORTE en fer. La plaque d'applique est ajourée, ornementée de rosaces gothiques et flanquée de deux pilastres. Le battant est formé par un dragon. xve siècle.

70 — SERRURE DE COFFRE, en fer ciselé et ajouré, de forme rectangulaire. La plaque est à motifs de rosaces gothiques, et le cache-entrée formé d'un écusson armorié surmonté d'une couronne. Le moraillon est en forme de dragon et les attaches sont façonnées en contreforts gothiques. xve siècle.

Larg., 155 millim.; haut., 21 cent.

71 — DEUX SUPPORTS DE CIERGE PASCAL en fer forgé, découpé et ajouré, à motifs d'arabesques et de rinceaux. Travail espagnol du xvie siècle.

72 — PETIT MORTIER en bronze, à décor de cariatides et de palmettes. XVIᵉ siècle.

Diam., 11 cent.

73 — PETITE CLOCHETTE en bronze, à décor d'animaux. XVIᵉ siècle.

74 — PETIT BUSTE de saint personnage en bronze doré. XVIᵉ siècle.

75 — PETIT ENCRIER en bronze ; le godet, de forme circulaire, est orné de têtes de chérubins et repose sur un pied formé de trois chevaux marins. Travail italien, fin du XVIᵉ siècle.

Haut., 7 cent.

76 — PETITE STATUETTE de Vierge debout, drapée dans un long manteau. Dinanderie. Pièce provenant d'un lustre.

77 — PETIT PLAT en cuivre repoussé et gravé, représentant la Grappe de la Terre promise. Au pourtour, une inscription en partie effacée. XVIᵉ siècle.

Diam., 30 cent.

78 — PETIT PLAT très creux en cuivre jaune, orné au fond d'un médaillon repoussé, représentant Samson combattant le lion. XVIᵉ siècle.

Diam., 22 cent.

79 — PETIT PICHET en étain, de forme balustre, muni d'une anse surélevée et mobile et d'une anse latérale fixe, gravée de palmettes et ornementée de deux glands. XVIIᵉ siècle.

80 — AIGUIÈRE en étain, de forme balustre, munie d'une anse mobile surélevée et d'une anse latérale, ornée de têtes de bélier ; elle porte un monogramme et la date 1751.

Phototype Berthaud, Paris

70

81 — PETIT POT en étain, de forme campanulée, muni d'un déversoir à pans et surmonté d'un couvercle à vis, terminé par un anneau. Travail suisse, XVIIᵉ siècle.

85

82 — DEUX PETITES CANNETTES en étain, en forme de balustres, munies d'une anse mobile surélevée et d'une anse latérale fixe, ornée de glands. XVIIᵉ siècle.

20

83 — DEUX CHANDELIERS en cuivre, à tiges moulurées, reposant sur des bases plates, de forme carrée. XVIᵉ siècle.

115
Loman

84 — DEUX FLAMBEAUX en cuivre jaune, à tiges moulurées surmontées de deux petits chapiteaux feuillagés. Ils sont ornementés d'une rondelle en cuivre découpé, et reposent sur une base carrée, ornée de palmettes. XVIIᵉ siècle.

H. t., 30 cent.

40

85 — PORTE-CIERGES à six branches, en fer, reposant sur un plateau circulaire porté par un trépied. XVIᵉ siècle.

Haut., 45 cent.

30

86 — DEUX TRÈS PETITS PORTE-CIERGES en bronze, à bases circulaires et à tiges moulurées.

85

87 — CINQ PORTE-CIERGES de modèles variés, en cuivre, en bronze et en dinanderie.

120
Michel

88 — AIGUIÈRE à panse ovoïde, sur piédouche, et munie d'un goulot trilobé, cuivre jaune. XVIᵉ siècle.

100
le même

89 — AIGUIÈRE en cuivre jaune de forme ovoïde, munie d'un goulot à bec orné d'un masque barbu et d'une anse surélevée, terminée par un mascaron. XVIᵉ siècle.

92

90 — PETITE AIGUIÈRE en cuivre jaune, de forme ovoïde, à goulot trilobé et munie d'une anse terminée par une tête de dragon. XVIᵉ siècle.

BOIS SCULPTÉS

91 — STATUETTE en bois sculpté, représentant sainte Marguerite debout sur le dragon. Elle est vêtue d'une robe à corsage décolleté, dont elle relève un pan sur son bras droit. Un ample manteau, ornementé d'un mors de chape, lui couvre les épaules. La tête est ceinte d'une couronne ornée de perles. Fin du xve siècle.

Haut., 88 cent.

92 — STATUETTE en bois sculpté et peint, représentant sainte Madeleine debout, tenant un vase à parfums. Elle est vêtue d'un curieux costume du commencement du xvie siècle et coiffée d'un bonnet très ornementé, avec voile lui couvrant l'épaule droite. Travail français, xvie siècle.

Haut., 80 cent.

93 — GROUPE en bois sculpté et polychromé, représentant sainte Anne debout, drapée dans un ample manteau et coiffée d'un haut bonnet recouvert par un voile. Elle tient dans ses bras la Vierge et l'Enfant Jésus. xve siècle.

Haut., 85 cent.

94 — STATUETTE en bois sculpté et polychromé, représentant saint Jacques pèlerin, debout, drapé dans un long manteau, tenant un livre et un long bâton. xve siècle.

Haut., 73 cent.

95 — STATUETTE de saint personnage barbu, debout, drapé dans un ample manteau. xve siècle. Bois de chêne.

Haut., 36 cent.

96 — PETIT GROUPE D'APPLIQUE en chêne sculpté, représentant l'évanouissement de la Vierge. Travail flamand, XVe siècle.

Haut.. 35 cent.

97 — GROUPE en bois sculpté, représentant de nombreux personnages en prières. Travail flamand, fin du XVe siècle.

Haut., 5o cent.; larg., 4o cent.

98 — GROUPE à quatre personnages en bois sculpté peint et polychromé, représentant la Descente de croix. Bois de chêne. Travail flamand, fin du XVe siècle.

Haut., 41 cent.; larg., 37 cent.

99 — STATUETTE en bois sculpté, représentant un saint évêque mitré, vêtu d'un ample manteau, tenant un livre ouvert de la main droite et une crosse de la main gauche. XVIe siècle.

Haut., 80 cent.

100 — STATUETTE-APPLIQUE en bois sculpté, représentant un chevalier debout, la tête nue et vêtu d'une armure. Il tient une épée dans sa main gauche. Travail allemand, XVIe siècle.

Haut.. 1 m. 25.

101 — STATUETTE en bois sculpté et polychromé, représentant un guerrier debout, revêtu d'une armure complète et coiffé d'un armet à visière relevée. Le bras droit levé brandissait une épée. Travail allemand, XVIe siècle.

Haut., 1 m. 17.

102 — PETIT GROUPE en bois sculpté, représentant la Vierge debout portant l'Enfant Jésus. XVIIe siècle.

Haut.. 17 cent.

103 — Statuette en chêne sculpté, représentant sainte Marguerite debout, tenant enchaîné à ses pieds un démon. Flandres, xvie siècle.

Haut., 80 cent.

104 — Statuette en bois sculpté, représentant un saint personnage barbu, debout, drapé dans un manteau et tenant un livre dans la main droite. xvie siècle.

Haut., 80 cent.

105 — Six médaillons en bois, sculptés en bas-relief et polychromés, représentant des compositions religieuses à personnages. xvie siècle.

Diam., 27 cent.

106 — Pendentif en bois de chêne sculpté, représentant un ange ailé tenant un écusson armorié. Flandres, xve siècle.

107 — Petite statuette en bois sculpté et polychromé, représentant saint Jean. xviie siècle.

108 — Grande statuette d'applique, représentant la Vierge debout portant l'Enfant Jésus sur son bras gauche, et auquel elle présente une pomme. Bois de chêne. Travail français, xve siècle.

Haut., 1 m. 20.

109 — Deux colonnettes d'applique en bois sculpté, peint et doré, à motifs d'ornements Renaissance, surmontées par deux chapiteaux feuillagés. Travail espagnol du xvie siècle.

Haut., 77 cent.

110 — PORTE DE CRÉDENCE en bois sculpté, représentant, en bas-relief, la Nativité. Elle est munie d'une plaque de serrure gothique en fer repercé. Travail français, fin du XVe siècle.

111 — BAS-RELIEF CINTRÉ en bois sculpté, représentant un buste d'homme vu de face, inscrit dans un médaillon feuillagé, flanqué d'arabesques et de guirlandes. Le pourtour est orné de motifs en marqueterie de bois de couleur. Flandres, XVIe siècle.

Haut., 45 cent. ; larg., 90 cent.

112 — DOSSIER provenant d'un lit Renaissance et formé de deux jolis panneaux en bois sculpté, ornementés de bustes d'homme et de femme se faisant face et inscrits dans des médaillons. Traverse sculptée de bandes d'entrelacs. Travail français, XVIe siècle.

Long., 1 m. 20 ; haut., 60 cent.

113 — PANNEAU rectangulaire en hauteur, en bois sculpté, représentant deux personnages nus, tenant des ceps de vigne chargés de feuilles et de grappes. Travail français, commencement du XVIe siècle.

Haut., 90 cent. ; larg., 45 cent.

114 — FENÊTRE GOTHIQUE en bois sculpté, ouvrant à deux volets superposés, munis de quatre panneaux à parchemins repliés. Ces volets sont garnis de pentures et de targettes en fer découpé. Travail flamand, XVe siècle.

115 — PETIT GROUPE D'APPLIQUE en bois sculpté, avec traces de polychromie et de dorure, représentant la Vierge debout tenant l'Enfant Jésus, qui porte un volumineux chapelet. Travail flamand, XVe siècle.

116 — PETITE FIGURE D'APPLIQUE de saint personnage vu à mi-corps, vêtu d'un manteau à pèlerine. Bois sculpté peint et doré. XVIᵉ siècle.

117 — STATUETTE en bois sculpté, représentant la Vierge debout tenant l'Enfant Jésus sur son bras droit. La tête de la Vierge est ornementée d'une petite couronne en argent. XVIᵉ siècle.

Haut., 43 cent.

118 — PETITE STATUETTE en bois sculpté, représentant sainte Marguerite debout sur le dragon, les mains jointes. Travail flamand, XVIᵉ siècle.

Haut., 42 cent.

119 — PETIT BRAS-RELIQUAIRE en bois sculpté, peint et doré. Travail espagnol du XVIᵉ siècle.

Haut., 39 cent.

120 — COFFRET rectangulaire à couvercle plat, en bois sculpté et peint en noir, à décor d'arabesques. XVIIᵉ siècle.

121 — BOITE rectangulaire en bois, décorée d'une fine marqueterie à motifs de rinceaux et de palmettes. Le couvercle plat est muni de deux charnières et d'un moraillon en fer ouvragé. Elle ouvre à un tiroir coulissé formant compartiment et dans lequel sont disposées différentes petites cachettes. Travail espagnol, XVIᵉ siècle.

Haut., 21 cent.; larg., 44 cent.

122 — PETIT GROUPE en bois sculpté et peint, représentant la Vierge de pitié avec la Madeleine et saint Jean. Bois de chêne. Fin du XVᵉ siècle.

Haut., 28 cent.; larg., 27 cent.

123 — DEUX STATUETTES en bois sculpté, représentant la Vierge et saint Jean debout. Travail allemand, XVᵉ siècle. Socle à pans coupés.

Haut., 78 cent.

124 — Petit buste d'applique en bois sculpté, représentant une tête de vieillard barbu, tournée vers la gauche. XVIe siècle.

Haut., 17 cent.; larg., 21 cent.

125 — Statuette en bois sculpté, représentant sainte Anne debout, tenant la Vierge et l'Enfant Jésus. XVe siècle.

Haut., 55 cent.

126 — Statuette en bois sculpté, avec traces de polychromie, représentant saint Jean debout, drapé dans un ample manteau, tenant un bâton de la main gauche; bois de noyer. XVe siècle.

Haut., 35 cent.

127 — Deux statuettes en bois sculpté, représentant des apôtres debout, tenant des livres et drapés dans de larges manteaux.

Haut., 41 cent.

128 — Deux statuettes représentant l'une saint Jean debout, les mains croisées, tenant un livre sous son bras droit; l'autre représente saint Paul debout, barbu, tenant un livre ouvert de sa main droite. Bois de chêne. XVe siècle.

Haut., 44 cent.

129 — Deux statuettes représentant deux apôtres debout, barbus, drapés dans de larges manteaux et tenant des livres. Bois de chêne. XVe siècle.

Haut., 43 cent.

130 — Statuette en bois sculpté, avec traces de peinture et de dorure, représentant la Vierge debout, tenant l'Enfant Jésus dans ses bras. Socle à pans, en bois mouluré. Travail flamand, XVe siècle.

Haut., 42 cent.

SCULPTURES

EN MARBRE ET EN PIERRE

131 — STATUETTE d'applique en marbre blanc sculpté, avec traces de dorure, représentant la Vierge debout, drapée dans un long manteau, tenant l'Enfant Jésus sur son bras gauche. Travail français, commencement du xve siècle.

Haut., 55 cent.

132 — HAUT-RELIEF d'applique en albâtre sculpté, représentant une sainte femme debout, drapée dans un long manteau et tenant une palme et un livre sur lequel est perché un oiseau. Art anglais, xive siècle.

Haut., 42 cent.

133 — PETITE TÊTE D'ENFANT coiffé d'un bonnet rond bordé d'un galon de perles. Pierre sculptée et polychromée, xve siècle.

Haut., 13 cent.

134 — PETIT HAUT-RELIEF en albâtre sculpté, présentant la tête de saint Jean-Baptiste. xvie siècle.

135 — PETITE STATUETTE en pierre sculptée, représentant un personnage debout, la tête ceinte d'une couronne, vêtu d'un ample manteau et tenant une banderole dans ses mains. xvie siècle.

136 — JOLI GROUPE en pierre, finement sculpté, représentant la Vierge debout, drapée dans un ample manteau dont un pan est ramené sur le bras gauche et retombe en plis gracieux. La Vierge porte l'Enfant Jésus qui tient une colombe. Elle tient un lis dans sa main droite. Travail français, xve siècle.

Haut., 80 cent.

Phototypie Berthaud

ARMES

137 — Épée en fer à lame plate. La poignée est ornée de deux quillons courts et de branches de garde. Le pommeau aplati est orné de godrons. XVIᵉ siècle.

138 — Rapière espagnole en fer. La poignée est munie de deux quillons et d'une corbeille repercée, ornementée de médaillons-bustes, de rinceaux et d'attributs. XVIᵉ siècle.

139 — Épée à lame plate, à poignée munie de deux longs quillons et d'une corbeille ajourée et repercée, ornementée de rinceaux. Pommeau ovoïde orné de palmettes. XVIᵉ siècle.

140 — Épée espagnole. La poignée est ornementée de deux quillons courts en S et munie d'une corbeille ajourée, ornée de rinceaux feuillagés et d'oiseaux. XVIᵉ siècle.

141 — Rapière à lame quadrangulaire. La poignée est munie de deux quillons en torsades et d'une corbeille entièrement repercée à motifs de rinceaux et de palmettes. Travail portugais, XVIᵉ siècle.

142 — Épée en fer à lame plate, munie de deux quillons courts et d'un pommeau circulaire aplati.

143 — Épée en fer à lame plate très effilée et munie, sur chaque côté, d'une nervure médiane très prononcée. La soie, terminée par un pommeau circulaire aplati, est munie de deux quillons droits.

144 — Épée en fer à lame plate. Elle est munie de deux quillons légèrement arqués et d'un pommeau circulaire aplati.

145 — GRANDE ÉPÉE à lame plate, munie d'une gouttière. La poignée en bois est terminée par un pommeau à pans surmonté d'un bouton et la garde se compose de deux larges coquilles percées de petits trous et de quillons en S. Fer doré.

Long., 1 m. 21.

146 — ARBALÈTE à cranequin. Le fût est en bois marqueté de plaques d'ivoire gravé, et ornementé d'incrustations, formées de rinceaux et de palmettes. Travail allemand du xvıe siècle.

Long., 58 cent.

147 — ARBALÈTE en bois munie de son rouet. Travail espagnol du xvıe siècle.

148 — POIRE A POUDRE en os gravé, ornée de sujets mythologiques. Allemagne, xvıe siècle.

149 — POIRE A POUDRE en corne avec monture en argent doré et gravé. xvıe siècle.

150 — HALLEBARDE en fer ajouré et gravé. xvııe siècle.

151 — PETITE HALLEBARDE en fer gravé, à décor d'écussons armoriés, de médaillons à bustes d'hommes, de figures allégoriques et de rinceaux.

152 — PERTUISANE en fer, ornée d'un écusson armorié et de rinceaux feuillagés. xvııe siècle.

153 — PERTUISANE en fer, ornée de rinceaux gravés. xvııe siècle.

154 — HALLEBARDE à lame quadrangulaire très longue, en fer découpé et repercé de petits trous. xvıe siècle.

155 — Dague à lame plate. La poignée est en bois, munie de deux petits quillons terminés par des boules sphériques. Pommeau ornementé de godrons. xvi⁰ siècle.

156 — Petite dague en fer, la lame à deux gouttières profondes. Les quillons sont petits et terminés par deux rondelles ornementées. Pommeau cannelé. xvi⁰ siècle.

157 — Deux dagues. L'une est à poignée de cuivre jaune ciselé, terminée par un pommeau aplati : l'autre est à lame plate, munie d'une garde rectangulaire, ornée de deux petits quillons formés par des boules aplaties. Pommeau en fer en forme d'olive, surmonté d'un bouton. xvi⁰ siècle.

158 — Deux petites dagues en fer à poignées ornementées. xvi⁰ siècle.

159 — Petite dague à poignée torse, ornée de deux quillons aplatis et incurvés vers la lame.

160 — Couteau à poignée en fer mouluré. Les quillons et le pommeau sont en forme d'olives. xvi⁰ siècle.

161 — Deux dagues à poignée en fer mouluré et un poinçon à poignée ajourée. xvi⁰ siècle.

162 — Trois dagues en fer à poignées ornementées. xvi⁰ siècle.

163 — Pistolet à pierre à deux coups. xviii⁰ siècle.

MEUBLES ET SIÈGES

164 — TABLE rectangulaire en bois sculpté. La ceinture, formant coffre, est ornée de rinceaux feuillagés, d'un monogramme et de la date : 1643. Elle repose sur un piétement à éventail uni. Travail suisse. XVIIe siècle.

Long., 1 m. 07; larg., 83 cent.; haut., 71 cent.

165 — CAQUETEUSE en bois de noyer. Le siège est en forme de trapèze et repose sur quatre pieds, dont les deux de devant sont en forme de colonnettes moulurées. Le dossier est à jour et orné d'un motif sculpté formé d'un mascaron accosté de rinceaux terminés par des têtes de femmes. Les accoudoirs, légèrement arqués, reposent sur des colonnettes-balustres. XVIe siècle.

166 — FAUTEUIL en bois de chêne sculpté. Le siège, bas, est en forme de trapèze et repose sur quatre pieds-balustres réunis par des traverses. Le dossier, élevé, est orné d'un panneau ornementé d'une palmette inscrite dans un losange. Les deux bras sont arqués et reposent sur deux colonnettes-balustres. Flandres, XVIe siècle.

167 — FAUTEUIL en chêne, à haut dossier, décoré d'un panneau sculpté à médaillon buste d'homme, de profil à gauche, et d'arabesques. Il est muni de deux accoudoirs plats, de forme contournée, et repose sur des pieds-balustres réunis par des traverses. Flandres, XVIe siècle.

168 — FAUTEUIL. Le dossier est formé par une large traverse découpée et ornée de rinceaux sculptés disposés autour d'un médaillon central. Le siège est garni de de cuir et les accoudoirs plats sont supportés par deux petites colonnettes-balustres. Les pieds de devant sont formés par des montants quadrangulaires. Travail italien, XVIe siècle.

169 — FAUTEUIL de même style, à dossier, en bois sculpté et découpé. Le siège est garni de cuir et les montants sculptés sont réunis par des traverses. XVIe siècle.

170 — FAUTEUIL flamand en bois sculpté. Le piétement est en forme d'X. Le dossier est sculpté et ornementé de deux petites colonnettes plates à balustres. Les accoudoirs sont plats, légèrement contournés et supportés par deux petites colonnettes quadrangulaires. XVIe siècle.

171 — PETITE CRÉDENCE fermant à deux vantaux et munie d'un large tiroir. Les portes, le panneau central et le tiroir sont sculptés de fenestrages à motifs gothiques. Les portes sont ornées de pentures et de serrures en fer. En partie du XVe siècle.

Haut., 1 m. 40 ; larg., 1 m. 10 ; prof., 55 cent.

172 — PETIT COFFRE en bois de noyer. La face est ornée d'un beau panneau finement sculpté et représentant deux écussons inscrits dans des arcatures gothiques et séparés par une fleur de lis. France. XVe siècle.

Haut., 70 cent. ; larg., 85 cent. ; prof., 48 cent.

173 — PETITE CRÉDENCE fermant à deux portes, ornées de médaillons-bustes, de pampres et de fleurettes, et garnies de pentures et de targettes en fer découpé. Ces portes sont séparées par un panneau sculpté à motifs de corbeilles, de mascarons et de rinceaux.

Elle est munie de deux tiroirs sculptés de feuilles de vigne et de grappes de raisin et elle repose sur quatre pieds réunis par une tablette. Flandres, en partie du XVIe siècle.

Larg., 1 m. 20 ; haut., 1 m. 45 ; prof., 55 cent.

174 — BANQUETTE gothique en bois sculpté. Elle est munie d'un haut dossier uni surmonté d'une crête ajourée et d'un seul clocheton. Elle n'a également qu'un accotoir du côté droit. Coussin en ancienne étoffe verte.

Collection Molinier.

175 — CRÉDENCE en bois sculpté. Elle est munie de deux tiroirs et ferme par deux vantaux. Le dossier est orné de quatre panneaux à fenestrages gothiques et est surmonté d'une crête ajourée flanquée de deux clochetons. Les portes sont munies de pentures et de targettes en fer découpé et sont sculptées, ainsi que les tiroirs, de motifs gothiques. Le panneau central est orné d'un écusson fleurdelisé, et le fond et les côtés sont munis de panneaux à parchemins repliés. En partie du xv⁰ siècle.

Larg., 1 m. 27; prof., 5o cent.; haut., 2 m. 3o.

176 — BOISERIE composée d'un grand lambris et d'une partie convexe, formant un tambour d'angle. Elle est ornée de nombreux panneaux gothiques sculptés à parchemins et disposés sur trois rangs superposés. Le tambour est muni, au centre, d'une porte ornée de quatre panneaux sculptés de médaillons-bustes et de lettres majuscules très ornementées. Cette porte est encadrée par un chambranle mouluré. Dans le haut de la boiserie est une frise ajourée interrompue par des clochetons. En partie du xvi⁰ siècle.

Longueur totale, environ 6 m. 3o.
Longueur du lambris, environ 3 m. 5o.
Largeur du tambour, environ 2 m. 8o.
Hauteur totale, environ 2 m. 7o.

Provient de Beauvais.

177 — PORTE ornée de quatre panneaux sculptés représentant : un cep de vigne planté dans un vase ; un chêne sur lequel est monté un homme qui fait tomber des glands que mange un goret au pied de l'arbre ; un figuier chargé de fruits et un olivier. Cette porte est munie de trois pentures en fer découpé et ajouré, dont une avec l'inscription : *M. A. Andrée, X.*, et d'une plaque de serrure à poignée. Le chambranle est uni et surmonté d'une crête ajourée et de trois clochetons. Commencement du xvi⁰ siècle.

Haut., 2 m. 55 ; larg., 82 cent.

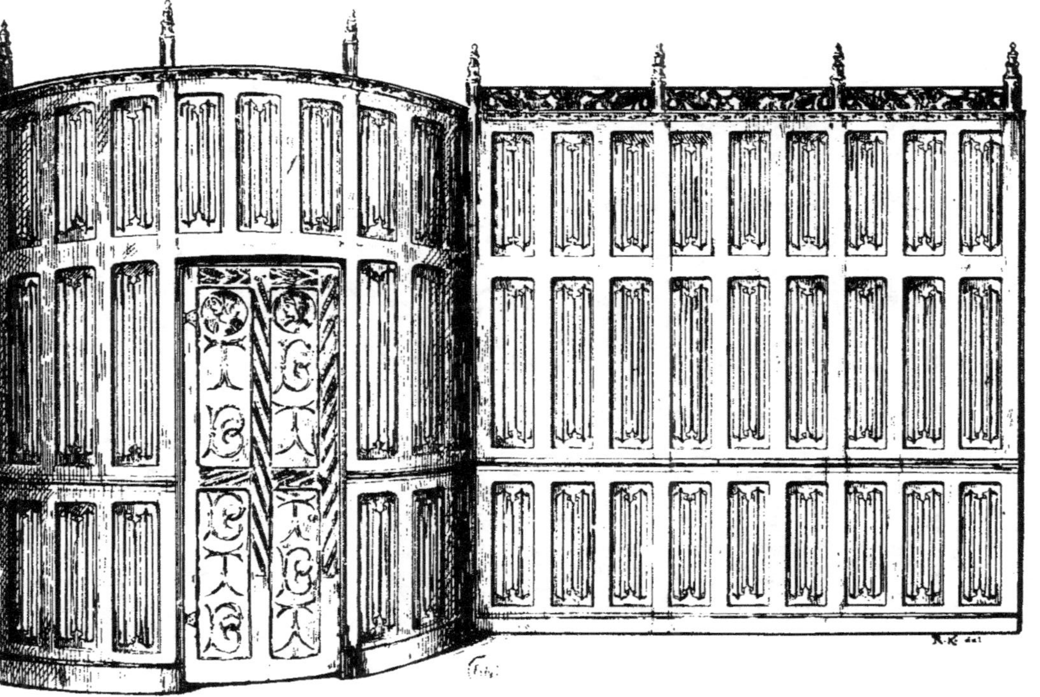

Nº 176.   BOISERIE GOTHIQUE.

178 — PORTE cintrée en bois de noyer. Elle est formée de quatre panneaux sculptés, dont les deux du haut sont à perspectives. Le tympan est orné de rinceaux disposés de chaque côté d'un médaillon en relief. XVIᵉ siècle.

Haut., 2 m. 15 ; larg., 1 m. 05.

179 — STALLE gothique à haut dossier, ornementé de quatre panneaux sculptés à fenestrages et motifs gothiques et surmonté d'une crête ajourée flanquée de deux pinacles. Le devant et les côtés sont ornés de petits panneaux à parchemins repliés. En partie du XVᵉ siècle. Coussin en ancienne étoffe verte, garni de franges et de galons.

Haut., 2 m. 17 ; larg., 90 cent.; prof., 60 cent.

180 — GRANDE CRÉDENCE en bois de noyer. Elle ouvre à deux portes sculptées d'écussons armoriés et garnies de pentures en fer découpé. Elle est munie de trois tiroirs avec poignées en fer ornementé. Le dossier est bas et composé de deux panneaux à parchemins disposés en travers. Le piétement sans fond est formé de quatre montants réunis par une large tablette. Travail français, XVᵉ siècle.

Larg., 1 m. 85 ; haut., 1 m. 70 ; prof., 65 cent.

181 — DRESSOIR à cinq pans et s'ouvrant par deux vantaux garnis de pentures et de serrures en fer ouvragé. Il est muni de deux tiroirs décorés, ainsi que les portes et les autres panneaux de bustes de personnages vus de profil et inscrits dans des médaillons accostés de rinceaux et d'animaux. Ce meuble est porté par des montants ornementés se continuant jusqu'à la moulure supérieure. Le fond est formé par trois panneaux à parchemins repliés, et le soubassement uni est muni d'une moulure à gorge. Bois de chêne. France, XVIᵉ siècle.

Haut., 1 m. 48 ; larg., 1 m. 23 ; prof., 53 cent.

182 — Joli meuble à deux corps, fermant à quatre portes et
muni de deux tiroirs. Les deux portes du haut sont
sculptées d'arcatures à perspectives et enrichies de marqueterie de bois de couleur. Elles sont flanquées de
deux colonnettes engagées, décorées dans le même
style et sont séparées par une colonnette centrale
analogue. Le linteau et la base sont ornés de fleurettes
et de plaquettes en marqueterie de bois de couleur
simulant des marbres. Le bas ferme également à deux
portes et les panneaux sont ornés de marqueterie de
bois de couleur, dans un encadrement mouluré. L'inté-
rieur du corps supérieur est disposé en petit cabinet
muni de sept tiroirs.

Bois de noyer à patine rouge exceptionnelle.

Ce meuble est en bon état et n'a jamais subi de
restauration. Travail français du xvie siècle.

Haut., 1 m. 65 ; larg., 1 m. 65 ; prof., 50 cent.

183 — Fauteuil Renaissance en bois sculpté. Les pieds de
devant sont ornementés et réunis par une traverse
sculptée et ajourée. Il est garni au siège et au dossier
de damas vert, de franges jaunes et vertes et clouté de
cuivre. Les deux accoudoirs plats reposent sur des
volutes renversées et sculptées. xvie siècle.

184 — Table Renaissance de forme barlongue. Elle repose
sur un piétement formé à chaque extrémité par deux
colonnettes réunies par une arcature. Les deux patins
découpés sont réunis par une large traverse centrale
supportant trois colonnettes surmontées d'une double
arcature. Aux angles de la ceinture et au centre des
arcatures sont des pommes d'amortissement disposées en
pendentifs. Bois de noyer. Travail français, xvie siècle.

Haut., 73 cent. ; long., 1 m. 34 ; larg., 74 cent.

185 — Deux fauteuils en bois sculpté. Les pieds de devant
sont cannelés et réunis par une traverse sculptée. Ils
sont garnis de velours rouge ancien avec galons, franges
et applications. Les montants du dossier sont également
cannelés et surmontés de deux petites boules. xvie siècle.

186 — PETITE STALLE en bois sculpté. Le dossier est orné d'un panneau sculpté d'une tête de chérubin disposée sous une arcature soutenue par deux pilastres et d'un motif ornemental composé de rubans et d'une banderole. Elle est surmontée d'un petit dais de forme rectangulaire, soutenu par deux colonnettes cannelées, qui reposent sur les accoudoirs. Sur la face et les côtés : panneaux rectangulaires moulurés. Travail français, XVIe siècle.

Haut., 1 m. 80; larg., 78 cent.; prof., 47 cent.

187 — DEUX CHAISES en bois. Le siège, rectangulaire, est supporté par des colonnettes unies, réunies par quatre traverses. Le dossier est orné de petites plaquettes en bois marqueté et de petites pommes d'amortissement. Travail français, XVIe siècle.

188 — PETITE CRÉDENCE RENAISSANCE fermant à deux portes, ornée de marqueterie de bois de couleur et munie d'un large tiroir. Elle repose sur une console à fond plein soutenue par deux colonnettes. La base, également moulurée, forme coffre. Travail lyonnais, XVIe siècle.

Haut., 1 m. 48; larg., 1 m. 10; prof., 46 cent.

189 — DEUX FAUTEUILS RENAISSANCE en bois, avec pieds-colonnettes réunis par des traverses : ils sont garnis de brocatelle verte avec franges et cloutés de cuivre.

190 — GRANDE TABLE à rallonges sur piétement à éventail formé de deux consoles, surmontées de rinceaux sculptés et reposant sur deux patins découpés. Les patins sont réunis par une longue traverse munie de quatre balustres soutenant des arcatures de plein cintre. La ceinture est sculptée de godrons et de palmettes. Bois de noyer. XVIe siècle.

Haut., 88 cent.; long., 1 m. 67; larg., 83 cent.

191 — FAUTEUIL espagnol en bois, muni d'une traverse ajourée et de deux accoudoirs plats soutenus par des balustres. Il est garni de velours vert, de franges et clouté de cuivre. XVIᵉ siècle.

192 — GRANDE BANQUETTE en bois sculpté. Le devant est muni de trois panneaux moulurés et le dossier est orné de six panneaux sculptés de grotesques en haut-relief. Travail espagnol. XVIᵉ siècle.

Haut., 1 mètre; long., 1 m. 75.

193 — FAUTEUIL à dossier rectangulaire. Il repose sur des pieds-balustres réunis par des traverses. Les accoudoirs sont cintrés et soutenus par des volutes renversées. Il est garni de brocatelle jaune à motifs rouges et clouté de cuivre. XVIᵉ siècle.

194 — FAUTEUIL à dossier carré, reposant sur quatre pieds réunis par des traverses. Il est muni de deux larges accoudoirs plats supportés par des volutes renversées. Il est garni de brocatelle jaune à motifs verts et de franges assorties. XVIᵉ siècle.

195 — PETITE CHAISE pliante à X, en bois. Elle est garnie d'ancien velours vert, de franges et de clous de cuivre.

196 — PETITE STALLE à haut dossier. Le panneau du fond est sculpté de deux animaux fantastiques affrontés, séparés par une petite figurine d'enfant. Le devant et les côtés sont munis de panneaux à parchemins repliés. XVIᵉ siècle. Coussin en velours rouge de même époque.

197 — GRAND COFFRE. Il est orné sur la face de six panneaux gothiques à rosaces et à fenestrages, séparés par des traverses sculptées de ceps de vigne et de branches fleuries. Il est muni d'une plaque de serrure en fer ajouré; les côtés sont ornés de panneaux-serviettes. Bois de chêne. XVᵉ siècle.

Haut., 83 cent.; long., 1 m. 90; larg., 83 cent.

198 — LUTRIN en bois sculpté. Le pupitre est formé par un aigle aux ailes éployées et repose sur un meuble en forme de petite armoire ouvrant à une porte et ornée sur la face et les côtés de panneaux à parchemins repliés. Chêne. xvᵉ siècle.

Hauteur totale, 2 m. 10; larg., 85 cent.; prof., 60 cent.

199 — PETIT COFFRE gothique, orné sur la face de deux panneaux à fenestrages gothiques, et sur chacun des côtés de panneaux à parchemins repliés. Il est muni d'une serrure en fer à moraillon très ornementé. Travail flamand, xvᵉ siècle.

Haut., 60 cent.; larg., 78 cent.; prof., 48 cent.

200 — PETITE STALLE à deux places. Elle est munie d'un haut dossier qui est orné, ainsi que la face et les côtés, de petits panneaux sculptés de palmettes inscrites dans des losanges: les traverses sont cannelées. Bois de chêne. Travail français, xvɪᵉ siècle.

Haut., 1 m. 60; larg., 1 m. 05.

201 — PETITE CHAIRE en noyer, à haut dossier orné d'un panneau sculpté d'arabesques: les deux accoudoirs reposent sur des supports à balustres. xvɪᵉ siècle.

202 — CADRE DE MIROIR de forme architecturale, orné de deux colonnettes cannelées supportant un entablement avec fronton entrecoupé. xvɪᵉ siècle.

Haut., 63 cent.; larg., 36 cent.

203 — COFFRE flamand en chêne. Il est orné sur la face de quatre panneaux sculptés. xvᵉ siècle.

Larg., 1 m. 55; haut., 85 cent.; prof., 56 cent.

[illegible]

[illegible]

[illegible]

[illegible]

[illegible]

[illegible]

218

520
Michel

204 — COFFRE rectangulaire en chêne, orné sur la face de
trois panneaux sculptés à motifs feuillagés et d'un tiroir
orné de rinceaux sculptés. XVIᵉ siècle.

Haut., 76 cent.; larg., 91 cent.; prof., 53 cent.

580
Léonard

205 — DRESSOIR formé d'un plateau rectangulaire, supporté
par quatre colonnettes accouplées deux à deux et réunies
par une arcature sculptée. Elles reposent sur une base
unie, à fond plein formé de petits panneaux unis. Travail
français, XVIᵉ siècle.

Haut., 1 mètre; larg., 1 m. 50; prof., 48 cent.

100
Le même

206 — BANQUETTE à deux places en bois sculpté : le dossier
est orné de petites colonnettes ajourées. Les pieds de
devant sont réunis par une traverse sculptée. XVIᵉ siècle.

Larg., 1 mètre; haut., 85 cent.

80

207 — FAUTEUIL en bois sculpté, à dossier carré orné de
palmettes inscrites dans des médaillons. Le siège carré
est muni de deux accoudoirs reposant sur des balustres
supporté et par quatre pieds-colonnettes réunis par trois
traverses. XVIᵉ siècle.

400
Michel

208 — DEUX FAUTEUILS à dossiers carrés, munis d'accoudoirs
plats, légèrement cintrés, reposant sur deux petites
colonnettes-balustres. Ils sont garnis de velours rouge
ancien, orné de galons et de franges, et cloutés de cuivre.
XVIᵉ siècle.

3.500
Vertheimer

209 — BAHUT flamand en chêne, ouvrant à quatre portes.
Les deux vantaux du haut sont décorés de médaillons-
bustes et d'arabesques et sont séparés par un panneau
central de même décor. Les deux vantaux du bas, le
panneau central et les côtés sont décorés de panneaux
à parchemins repliés. Les portes sont munies de pentures et de targettes en fer découpé. XVIᵉ siècle.

Haut., 1 m. 35; larg., 1 m. 48; prof., 50 cent.

210 — FAUTEUIL Renaissance, en bois sculpté, reposant sur quatre pieds ornementés, réunis par des traverses et munis de deux accoudoirs plats soutenus par de petites colonnettes torses. Dossier et coussin en velours noir avec broderies et applications.

211 — FAUTEUIL Renaissance en bois sculpté, reposant sur quatre pieds; les deux de devant sont à colonnettes moulurées réunies par des traverses, et les accoudoirs reposent sur deux volutes. Il est garni de velours vert et de franges et clouté de cuivre. XVIe siècle.

212 — FAUTEUIL en noyer reposant sur quatre petits pieds-colonnettes réunis par des traverses. Des accoudoirs à pans sont également supportés par de petites colonnettes moulurées. XVIe siècle.

213 — DEUX ESCABEAUX à sièges carrés reposant sur quatre pieds-balustres réunis par des traverses. XVIIe siècle.

214 — ESCABEAU en noyer supporté par quatre pieds-balustres réunis par des traverses. XVIIe siècle.

215 — PETITE BANQUETTE en bois supportée par dix petites colonnettes moulurées réunies par des traverses. Le siège est garni de velours rouge avec une bande en broderies et applications. XVIe siècle.

216 — PETIT ESCABEAU supporté par quatre colonnettes réunies par des traverses. XVIIe siècle.

217 — PETIT FAUTEUIL à dossier cintré, supporté par six petites colonnettes moulurées. Ancien travail suisse.

TAPISSERIES & ÉTOFFES

218 — TAPISSERIE gothique de forme rectangulaire en largeur, divisée en deux tableaux. Celui de gauche représente *la Cène* et, au premier plan, Jésus agenouillé lavant les pieds à saint Pierre. Cette composition est représentée dans une salle dallée, ornée de deux pilastres sculptés, sur la base desquels sont fixés deux écussons d'armoiries. Dans le fond, une large fenêtre garnie de vitraux.

Le tableau de droite représente *la Crucifixion*, composition à nombreux personnages vétus de costumes intéressants par les détails. Fond de paysage avec habitations. Au premier plan, un semis de fleurettes en couleur.

Sous chacun de ces tableaux est une longue banderole rouge portant en lettres jaunes des inscriptions en français. Fin du XVᵉ siècle.

Haut., 1 m. 80; long., 3 m. 15.

219 — TAPISSERIE rectangulaire, représentant deux cavaliers vétus de riches costumes du temps de François Iᵉʳ, chassant au faucon. Devant les chevaux, un homme d'armes marche vers la droite, portant une pique sur son épaule gauche. A l'arrière-plan, un homme et une femme sont assis par terre. Fonds de paysages avec habitations. Bordure de guirlandes de fleurs, de feuilles et de fruits en couleurs, sur fond rouge. XVIᵉ siècle.

Haut., 3 m. 55 ; larg., 2 m. 50.

220 — TAPISSERIE rectangulaire, représentant des oiseaux et des animaux dans des branchages. Large bordure à décor de mascarons et de guirlandes de fleurs et de fruits. Flandres, XVIᵉ siècle.

Haut., 2 m. 70 ; larg., 1 m. 80.

221 — **Tapisserie** représentant une scène de combat avec nombreux personnages et cavaliers dans un fond de paysage avec habitations. Larges bordures à guirlandes de fleurs et de fruits et de personnages allégoriques disposés sous des arcatures soutenues par des cariatides. Flandres, xvie siècle.

La bordure du bas est moderne.

Haut., 3 m. 20 ; larg., 3 m. 80.

222 — **Tapisserie** à grands personnages costumés à l'antique et représentant une scène de bataille. Larges bordures décorées de scènes à petits personnages, de figures allégoriques, de vases fleuris, de rinceaux et de cariatides. Flandres, xvie siècle.

Haut., 3 m. 40; larg., 4 mètres.

223 — **Panneau** rectangulaire en hauteur, en velours noir, avec broderies et applications, à motifs de cornes d'abondance, corbeilles de fruits, rinceaux feuillagés et oiseaux. xvie siècle.

Haut., 1 m. 90; larg., 55 cent.

224 — **Petit bandeau** en velours rouge avec broderies d'or, de soies de couleurs et applications, représentant un saint personnage dans un médaillon, accosté de palmettes et de rinceaux. xvie siècle.

225 — **Chasuble** en velours vert frappé. xvie siècle.

226 — **Grand bandeau** en brocatelle à fond jaune, à motifs d'arabesques en violet. Garniture de franges et de galons. xvie siècle.

Haut., 80 cent.; long., 2 m. 60.

227 — **Bandeau** en brocatelle tissée de métal, à fond rouge avec arabesques jaunes.

Haut., 55 cent.; long., 2 m. 40.

www.ingramcontent.com/pod-product-compliance
Lightning Source LLC
LaVergne TN
LVHW021457170726
843501LV00005B/1706